بعد الصدفة شعور يبقى عمر

روان محي الدين فؤاد

صادر عن دار حكايتي للنشر والتوزيع

للتواصل: ٠١٠٦٧٤٩٥٤٩١

اسم الكتاب: بعد الصدفة شعور يبقى عمر.

تأليف: روان محي الدين فؤاد.

الإخراج الفني: دينا شاهين.

تصميم الغلاف: سها عبدالنبي.

التدقيق اللغوي: سارة الجمال.

إصدار عام: 2024

رقم الإيداع: 2024/16239

الترقيم الدولي: 0-88-8997-977-978

بعد الصدفة شعور يبقى عمر

بعد الصدفة شعور يبقى عمر

المقدمة

إن الإنسان يرحل؛ وتدفن جثته في الأرض، ويمر معارفه بهذه الأرض دون ذكره لكن ما يبقى ذكراه حيه في فم كل من يتحدث بها فهي الكتابة

بس يا ميلا اقعدي بقى متفضليش تتنطتي كده جنب بابا مش

هيعرف يسوق سبيها يا حبيبتي مش مضيقاني و فجأة.....

سرحت معقول يا مروان !

مروان: معقول ايه يا حبيبتي؟

رنا: أنا عشت في المكان ده سنين من عمري جيت و أنا هربانه

و مشيت منه و أنا فرحانه ورجعت وأنا منتصرة و راضية كل

الرضا اللي في الدنيا

مروان: ايه يا حبيبتي الكلام الكبير ده كان نفسك تطلعي

فيلسوفه ولا ايه

رنا : يا مروان بقى بكلمك بجد

مروان: يا حبيبتي انتِ عايزه تفتكري زمان ليه و تتكدي على نفسك متفكريش في حاجة عدت و خلصت طالما عدت و بقيت ماضي افرحي و خلي العيال تفرح احنا رايحين فرح حتى أشغلك ايه طب أبسطك بيه بصي هديك واحده شعبي هتفرحك.

تعالوا يا عيال اسمعوا و غنوا لحد لما نوصل أنا مش نكد زي أمكم

ماما قومي يلا يا ماما

رنا: ايه يا ميلا يا ماما قومِ خالو جه

رنا: حاضر يا حبيبتي

مروان: ايه يا رنا انتِ كل ده نايمه أخوكِ جه برا أهو

رنا: أنا حلمت حلم يا مروان فكرني ب كل أيامي الوحشة اللي فاتت

مروان: حبيبتي انتِ مش لاقيه حاجة تتكدي بيها على نفسك بتفتكري اللي فات، و بعدين أيام اللي وحشة أيامك معايا ولا أيه متقوليش كده لا لا صدمتني

رنا: يا مروان أنا مش بهزر

مروان: طب اعملي الأكل ليا أنا و أخوكِ و بعدين و كوباية شاي كده و نقعد احنا الثلاثة نعيط و نفتكر أيامنا الوحشة يا روح قلبي بس نأكل الأول يعني هتتكدي و مش هنأكل

كمان

رنا : مروان ده مهما كبر و عدي عليا السنين هيفضل زي مهو بروحه الحلوة الشباب دي ده كان عوضني عن كل الأيام اللي شوفتها و الظلم اللي عشته و فجأة افتكرت كل اللي حصل من تانية جامعة او بمعنى اصح افتكرت الي حصل بذات في اليوم دا مين دي !؟ مين الي في الصور دي ؟ دي مش انا يا احمد والله مش أنا معملتش كده انت مصدقني صح ؟ انت عارف مين رنا كويس قولهم دافع عني قولهم متخليش حد بيصلي النظرة دي مين الحيوان الي عمل كده دي مش أنا

أحمد : يرفع عينه في عيني و يضربني بالقلم قدام كل الجامعة انتِ أزبل و أحقر انسانه شوفتها في حياتي انسي إني كان في

حد في حياتك اسمه أحمد أنا ندمان على الوقت اللي ضيعته معاكِ و اني عرفت واحده شبهك رنا واقفه مش بتكلم و بتبص على الناس ليها صحابها و الدكاترة و المعيدين كلهم بيبصلها نظرات وحشة فيها استحقار ليها و هي عمله تعيط ماشت و متكلمتش ولا كلمة مع أحمد و هي في طريقها للبيت لقيت بابا واقف في الشارع و يجبني من شعري و يشتمني ويزعقلي و يضريني و الناس تسلك بينا وأنا كل اللي عماله أقوله مش أنا يا بابا انت كمان مش مصدقني دا أنت الي مربيني يا بابا مش أنا فجأة بابا بيقع على الأرض و ناخده المستشفى و أنا عماله أعيط و منهارة بكلم ربنا يارب يارب لا يارب انت لوحدك عارف و عالم ايه اللي حصل ده و ايه اللي بيحصل ده هو أنا في حلم

أكيد ده مش حقيقة أنا معملتش حاجة يارب أنت عارف إن دي مش أنا اظهر الحقيقة ليهم و انصرني لقيت الدكتور طالع بيسأل ماما هي والده الحج اسمها ايه والده الحج اسمها ايه ! و ماما من هنا تبدأ في الانهيار و الصويت و الدكتور يهديها إن لله و إنا إليه راجعون ايه اللي حصل مات ! ازاي ؟ اللي حصله

الدكتور : الحج جله جلطه في القلب قلبه كان أضعف من إنه يستحملها و توفى شدوا حلكوا

رنا: ايه! بابا ! أنا السبب أنا اللي موت بابا بس والله أنا معملتش حاجة بابا حبيبي و نور عيني راح بجد ! الناس كلها بتصوت من حواليا و ماما بتقولي انتِ السبب انتِ عار علينا انتِ السبب في موت أبولكِ موتي ناقص عمر ! و فجأة الناس كلها

بقيت لابسه أسود ازاي و امتي مش عارفة و عزا و ناس و مقابر ايه كل ده أنا كنت نايمة زي كل يوم صحيت روحت الجامعة حصل كل ده فجأة الدنيا اتشقلب من قدامي وأنا معملتش حاجة طب ايه ده هو بابا مات بجد ! ولا أنا لسه في حلم ازاي حياه البني ادم تشقلب في يوم و ليله كده ؟ مريت بأسوء أيام

حياتي كل الناس شيفاني وحشة شيطانه سبب في موت أبوها و بعت نفسي ده أنا خلاص كنت هتجوز أحمد و نعيش مع بعض و نجيب بنتين و ولد زي ما كان نفسنا و أكمل دراستي في بيت حبيبي زي ما كنت بتمني فجأة كل ده يحصلي ! نفسي بس أرفع رأس بابا و هو مش معايا و الناس تشوف بنته شريفة دي حتى ماما مش مصدقاني و مش بتكلمني قاعدين

في بيت واحد محدش بيكلم التاني أخويا استعر مني قالي بعد وفاه بابا أنا مش بس أبويا اللي مات أبويا وأختي العزاء بقى اتنين، وماما راضية على كلامه أنا عارفة و متأكدة إن بابا مكنش مصدق هو بس عمل كده من الخضة و رهبة الموقف أصل هو اللي مربيني ازاي يصدق عليا كده أنا متأكدة إنه مكنش مصدق هو كان أكتر واحد بيفهمني و يسمعني هو أنا بجد اللي موته يعني أنا السبب ؟ لو مكنش جنبه الصور دي كان هيفضل عايش في وسطنا و معانا دلوقتي ؟بس أنا معملتش حاجة والله معملتش حاجة مش عارفة أمشي في الشارع مش عارفة أبص في وش الناس حاسة إني متعرية قدامهم كلهم بعد ما كان كل الناس بتخلف بأدبي واحترامي ابقى ماشية

خايفة من نظرتهم ليه كلهم مبقتش أنزل الشارع ولا أشوف ناس نظرتهم بتقتلني ألف مرة إحساس إني مكسورة ده صعب أوي وأنا مظلومة وكل يوم أصلي و ادعي ربنا يظهر الحقيقة وينصرني قدام كل الناس و أولهم أمي و أخويا بدعي بكده وأنا قلبي مكسور مش مكسور بس متفتت كده أصلي هنا دوا المفروض يكونوا أول الناس في ضهري و معايا و يحاربوا الناس عشاني و يهونوا عليا دول هما اللي ربوني هستغرب ليه الناس مصدقة إني أنا ما أمي و أخويا مصدقين ! لدرجة إني شكيت في نفسي بجد ! فضلت عايشة وحاسة إني عايشة جسم بس من غير روح ولا قلبي و أمي كل يوم بتدعي عليا و تقولي مش كنتي موتي قبل ما تجبلنا العار ده على الأقل الواحد

يعرف يدعيلك لما تموتي ازاي كده !ازاي بقت قاسية عليا لدرجة دي تتمني موتي !تدعي عليا في وشي! دي كرهتني!! أنا كمان كرهتني و قررت أنهي حياتي بس خوفت و مقدرتش وفضلت كده أيام و شهور عايشة و مش عايشة لحد ما جي وقت امتحاناتي و روحت الجامعة الناس منستش كل لما أمشي في مكان في الجامعة اشفهم بيبصولي و يضحكوا و يتكلموا عليا مقدرتش أكمل و مشيت ركبت الموصلات وأنا عماله أعيط و منهارة لقيت الشخص اللي جمبي مركز معايا أوي و عطاني مياة مأخدتش منه حاجة و نزلت و كملت لحد البيت وأنا مستمرة في العياط و روحت و دخلت اوضتي و رميت نفسي على السرير كان نفسي بابا يكون موجود و أرمي نفسي في

حضنه هو لقيت ماما دخلت عليا الاوضه وحضنتني و لأول مرة

ماما تحضني و متكلمتش معايا ولا كلمة فضلت حضناني أنا

كنت محتاجه الحضن ده من زمان جه متأخر أوي و جه ناقص

بس طمني أوي بعدها ماما سبتني و طلعت برا وأنا في اللحظة

دي قررت أسيب الجامعة مش هتحمل نظراتهم ليا تاني و أمشي

أروح جامعة تانية في محافظة تانية و أحاول أبدأ حياة تانية مع

ناس جديدة متعرفش حاجة يمكن وقتها أقدر أعيش و تاني

يوم حضرت شنطتي و كل حاجتي و قولت لماما قراري و سلمت

عليها و حضتها لتاني مرة في حياتي مكنتش نفسي أسيبها بس

هي جزء كبير من سبب قراري ده لو كانت صدقتني مكنتش

هبقى كده دلوقتي.... مشيت وأنا مقررة مفتكرش أي حاجة

من اللي فاتت أبدًا أخدت شقة قريبة من جامعتي الجديدة و روحت قعدت هناك من قبل ما الدراسة تبدأ بكام يوم و جه أول يوم دراسة و روحت قابلت ناس جديدة اتهامات معاهم و حسيت إنهم شبهي و اتعرفت من أول يوم على ناس كتير بس في حاجة غريبة في شخص هناك أنا متأكدة إني شوفته قبل كده شكله مش غريب عليا خالص بس مش فاكره شوفته فين كان مركز معايا أوي أول يوم و كل لما أروح مكان في الجامعة ألاقيه قدامي بس الأغرب إنه متكلمش معايا ولا حاول يتكلم ولا حتى كان بيبتسم غريب جدًا ! و الموضوع اتكرر معايا على مدار الترم كله كل يوم يمشي ورايا و يشوف أنا رايحه فين و يروح، في يوم و أنا رايحه الجامعة روحت

و أنا مكرره إني هتكلم معاه و هشوفه يعرفني منين و بيمشي ورايا في كل مكان ليه و هو مين بس في اليوم ده ملقتهوش في الجامعة و كان أول يوم ميجيش في الجامعة من ساعة ما دخلت، و اليوم اللي بعده بردوا مجاش و اللي بعده قلقت! و خوفت ليكون حصله حاجة مكنتش عارفة أركز في مذاكرتي ولا حتى حياتي أمارسها طبيعي طول اليوم بفكر في و أفكر هو كويس دلوقتي ولا لا و كل لما أروح الجامعة أدور عليه و ملقهوش و أقلق أكتر ... لحد لما جه وقت الامتحانات كنت رايحه و بدعي أشوفه و شوفته فعلًا كنت مبسوطة أوي و أنا شايفه إنه كويس و موجود و حاسة إحساس غريب كده اللي هو ازاي خطفني كده و اتعلقت بيه منغير ما يحصل بينا

ولا كلمة لا لا مالي كده حب تاني لا أنا جايه هنا عشان الدراسة و حياة جديدة منغير حب فوقت نفسي و طلعت الامتحان و خلصت و نازله من المدرج لقيته واقف و بيقولي عملتي ايه في الامتحان و مبتسم كده و دي كانت أول مرة يكلمني فيها بصيتله و مردتش عليه راح قالي طب ستي عامله ايه انتي مش لازم عملتي ايه في الامتحان عشان شكلك كده نيلتِ الدنيا خالص

رنا: هو انت تعرفني ؟!

مروان: اه بشوفك في الجامعة أنا زميلك مروان انتِ اسمك ايه؟

رنا: رنا

مروان : تعرفِ إني بحب الاسم ده جدًا

رنا : ليه بقى؟

مروان : عشان اسمك

رنا : امممم من أولها كده استنى طب نكمل ال١٠دقايق تعارف حتى ده أنت شخص سريع جدًا

مروان: سريع ايه بس كفاية الوقت اللي ضاع منغيرك يا رنا

رنا: ايه ده كمان هو انت تعرفني أصلًا يابني عشان تقولي وقت ضاع و مضعش

مروان: طب احنا فيها أهو أعرفك

رنا : لا كفاية عليك كده سلام بقى

مروان : سلام ايه استني شوية بس

رنا : لا اتاخرت خلاص

مروان: طب يا رنا معادنا بكره في نفس المكان هستناكِ بعد
الامتحان

رنا: لا طبعا مش هاجي

مروان: هتيجي يا رنا و هنشوف

رنا : طب سلام عشان متأخرش أكتر من كده

مروان: تتأخري على الحاجة اللي مش وراكِ أصلًا؟

مشيت وأنا الابتسامة مش مفارقه وشي و روحت و كالعادة هو مسيطر على تفكير طول اليوم و مستنيه اليوم يخلص و أروح الجامعة تاني يوم عشان أشوفه و روحت الجامعة و روحت نفس المكان بعد الامتحان بس ملقتهوش فضلت واقفه مش عايزه أمشي و أقول زمانه جي وقفت كتير وهو مجاش بردوا لسه همشي لقيته جه و بيقولي مش قولتلك هتيجي أهو جيتي و استنتني كمان

رنا: استنيت مين أنا في جامعتي عادي و واقفه مستنيه واحده صحبتي أصلًا

مروان : و صاحبتك هتستنيها بالشياكة دي كلها

رنا : اه و بعد اذنك بقى كده أمشي

مروان : لا لا استني انتِ كل لما تشوفني تهربي ليه كده نتكلم شويه طب و بعدين امشي

رنا : نتكلم في ايه هو في بينا كلام ؟

مروان : كلام و حكايات و روايات و كل حاجة تعالي نتكلم في الكافية اللي قدام الجامعة أهو مش بعيد و بعدين تلحقي نفس المشوار بتاع امبارح اللي بردوا مش عندك

رنا : لا طبعًا هو أنا أعرفك عشان أقعد معاك في كافية

مروان: خلاص يا ستي خلينا هنا راح مروان شد الاسكتش من رنا و حطه على سلم الجامعة و قعد

مروان: يلا يا أستاذه رنا اقعدي هتفضلِ واقفه كده !!

فضلت أضحك و روحت قعدت و فضلنا نتكلم و نهزر

رنا: ايه ده الساعة ٤احنا بقالنا ساعتين قاعدين كده

مروان: شوفتِ بقى الوقت الحلو فعلا بيعدي بسرعة ديمًا بسمع الجملة دي أول مرة أحسها بالفعل النهارده

رنا: طب سلام بقى يا مروان عشان متأخرش عن كده

مروان: طب ممكن أطلب طلب

رنا: يادي طلباتك قول

مروان: ممكن أوصلك

رنا : لا

مروان : ولا كأني سمعت حاجة ها قولتي ايه ؟

رنا: لا بردوا

مروان :طب اتفضلِ قدامي عشان أنا كده كده كنت هوصلك قولت بس ابدأ بالأدب الأول و طلع مش نافع معاكِ

رنا: نفسي افهم انت جايب الثقة دي منين

مروان : يلا يا رنا و هقولك بعدين

روحني فعلاً و مكنتش عايزه أطلع و أسيبه اليوم كان حلو بشكل ! و الوقت كان لطيف أوي طلعت البيت و أنا ببالي

جملة (الليلة التي لن تسع فيها الغرفة أجنحتي) معقول أكون حبيته بالسرعة دي ؟! بس أنا خايفة شعور الخوف ده في حد ذاته حب طب ازاي و امتى؟ مش مهم ازاي و امتى المهم انه حصل و شكلي حبيته أنا فعلًا حبيت ولا ده احتياج مش حب ! بس لو ده احتياج كنت حسيت الشعور ده مع أي حد تاني ليه هو، ألف سؤال في دماغي بمليون إجابة بس مش مهم كل ده المهم دلوقتي إني مبسوطة و مش هضيع شعور الانبساط ده عشان خوف ... مرت الأيام و بقينا نشوف بعض أكتر و نتكلم يوميًا أنا كنت فاقده شعور الأمان و محستش بالشعور ده إلا معاه طمني و حسسهولي من غير ما يعرف أنا ده اللي محتاجه أنا بحبه بس أنا معترفتش ولا هو ....خلص الترم و في آخر يوم

امتحانات طلب مني ألبس فستان شيك و أنزل أقابله يوم الخميس الساعة ٦بالدقيقة يوم الخميس الصبح صاحية من غير منبه على غير العادة مبسوطة عشان بس هشوفه من قبل ما أقابله ..كلمته صباح الخير صباح النور يا حبيبتي... حبيبتك.. اه حبيبتي يلا اجهزي على مهلك وأنا هروح مشوار كده لحد لما تخلصٍ و خلصٍ و كلميني حاضر سلام يا حبيبتي.. حبيبتك تاني .. اه تاني يلا سلام بقى عشان متأخرش هو أنت رايح فين هقولك لما أشوفك ماشي سلام بكلمة والابتسامة مش مفارقة وشي و قلبي هينط من الفرحة و السعادة... بدأت أطلع فستاني البيج و أحط ميكب و ألف طرحتي و ألبس خاتمي و أحط البرفان اللي بحبه و كأني عروسة بتجهز لفرحها و مهتمة

بكل التفاصيل و ادقها ...ايه يا رنا انتِ بتعملي ايه كل ده ايه

يا مروان مش المفروض تخبط قبل ما تخش أنا خبط يا حبيبتي

كتير وانتِ مش بتردي حتى معلش يا حبيبي مش سامعه.... هو

انتِ بتعملي ايه و ايه الورق الي في ايدك ده؟ لا لا ولا حاجة ده

ورق كده طب ميلا عايزكِ روحليها حاضر مروان ملكش

دعوه بالورق ده ها حاضر يا حبيبتي روحي لميلا عشان متعيطش

عايزكِ من بدري حاضر يا حبيبي و طبعِا مروان يسكت و

يسيب الورق في حاله لا يثير فضوله يعرف ده ورق ايه خرجت رنا

من الاوضه تشوف ميلا و دخل مروان الاوضه و يفتح الورق و

يقرأ كله لحد الجزء اللي رنا وقفت عنده الكتابة و يكرر

مروان هو اللي يكمل الجزء اللي جاي و يبدأ يكتب أنا مروان

يمكن اللي حصل دلوقتي تاني أحلى صدفة في حياتي بعد صدفة معرفتي بحياتي كلها رنا عشان الجزء اللي جاي ده مينفعش حد يحكي غيري أنا مش هي.....

نزلت الصبح و روحت المشوار اللي هي مكنتش عارفه هو ايه كنت بجبلها ورد أحمر عشان عارف إنها أكتر حاجه بتحبها هي الورد و كمان جبتلها حمص اه حمص متستغربوش أصلي دي تاني حاجة بتحبها بعد الورد كانت ديمًا و إحنا بنتكلم بتقولي عارف أنا في أسعد لحظاتي دلوقتي أقولها اه طبعًا عشان

بتكلمني تقولي لا عشان بأكل حمص وأنا معدي بعد ما جبت الورد لقيت مقلة و افتكرت الموقف و قعدت أضحك و دخلت جبتلها الحاجة اللي تقريبًا كده بتحبها أكتر مني و جبتلها كمان خاتم ودي كانت آخر فلوس معايا كنت بدفعها و أنا بكل حب وأنا مش عارف هكمل الشهر ده ازاي بعد ما خلصت كل قبضي بس أنا مبسوط وأنا بعمل كده اتصلت أكدت حجز المكان اللي يليق بحبيبتي و كان على البحر زي ماهي بتحب عشان دي تالت حاجة بتحبها و روحت و بدأت ألبس كنت متأكد إنها هتلبس بيج عشان دا أكتر لون بتحبه فجيبت قبلها قميص جديد بيج و لبست بنطلون أسود و كلمتها و بعتلها اللوكيشن و طلبت منها تجيلي على هناك وأنا هروح

قبلها قولت أروح الأول عشان أتأكد إن كل حاجة اتظبطت و أشوف حبيبتي و هي داخله عليا اللي متأكد هتبقى أحلى واحده في المكان لا في المكان ايه دي أحلى واحده في العالم بجد روحت و فضلت قاعد مستنيها و لسه هكلمها و برفع عيني لقيت قمر قدامي ملاك حاجة كده متتوصفش كنت عارف إنها هتبقى حلوة بس مش حلوة أوي كده دخلت عليا و ابتسامتها مليه وشها ابتسامتها و ضحكتها دي بقى اللي خلوني أحبها، عليها ضحكة كل لما أشوفها أفتكر أغنية عمرو دياب و هو بيقول بالضحكة دي قلبي متعلق و كأني الأغنية دي معمولة لتوصف احساسي بضحكتها دي ... قعدت اذيك يا مروان وأنا بصصلها و مش عارفه أتكلم للعلم ❖❖ أنا

كان بيتقال عليا إني جامد أو زي ما بيقولوا كده مقطع السمكة و ذيلها بس أنا مش عارف مع رنا ايه اللي بيحصلي بتلغبط كده و ببقى محضر كلام كتير بنسى و مش بقول منه أي حاجة فضلت ساكت شويه و ده مش الطبيعي بتاعي معاها لانها بتتكسف أوي ودي تاني حاجة علقتني بيها بعد ايه ؟ لا كده ركزوا معايا منا لسه قايل ليكم بعد ضحكتها الجميلة اللي مش بتفارق وشها ... فببقى أحاول كل أما أشوفها أبقى خفيف و أتكلم وأهزر كتير عشان أكسر حاجز الكسوف اللي عندها بس المرة دى أنا اللي فضلت ساكت و باصص عليها و هي بتقولي في ايه مالك و هي مبتسمة وأنا بصصلها و مبتسم بس الحقيقة مش وشي بس اللي

كان مبتسم وشي و قلبي ولا كأني طفل صغير تملكت

أعصابي و حاولت مبينش إني متوتر أكتر من كده و قولتلها

هو ايه الحلاوة دي بقى ضحكت و ساكت قعدت أتكلم

معاها و أفتح مواضيع من وأنا ٦ ابتدائي تقريبًا كنت رغي أوي

لدرجة إني كنت هنسى اديها الهدية و وهنسى المفاجأة اللي

عملها و بعدين بصيت للوتير و غمزتله كده و كنت متفقين

اتفاق أما اغمزله يشغل أغنية تامر حسني (الله يباركي فيك)

عشان دي الحاجة رقم كام اللي بتحبها قولوا انتم بقى هسيب

النقط دي وانتم اللي هكتبوا الرقم (....) شغلها و قولتها

يوطي الصوت شويه بس على مين أول لما سمعت الموسيقى

عرفت الأغنية و قالتلي الله سامع قولتها لا ايه قالتلي ده تامر

حسني و دي أكتر أغنية بحبها أسمعها كده و قعدنا نسمعها و

كنت متفق مع الويت هيجي عن جزء معين و يعلي و هقوم أنا

بقى بدوري و والمفاجأة و يجي الجزء و اللي هو "سألت قلبي

بيحبك قد ايه و قالي قلبي ده حب جديد عليه" ويغني مروان

الجزء ده مع الأغنية و يطلع الورد و الخاتم و يقول لرنا بحبك و

على رأي مصطفى درويش ثانية بس قولت دي الحاجة رقم كام

الي بتحبها (.....) "لقد مررت الكثير من العيون و لكنني لم

أته ألاف في عيناكي   "I have passed by many eyes"

"But I only got lost yours" ممكن ألبسك الخاتم يا

رنا رنا بصتلي و ساكته و بتمدلي ايدها لمست ايدها و لبستها

الخاتم و قولتلها اعملي ايدك كده و ورهولي بصت عليه الأول

و بعدين ورتهولي الله يا رنا شكله في ايدك أحلى مما كنت متخيل كل حاجة انهارده أحلى ما تخيلت كل ده و رنا ساكته مش بتتكلم و بدأ الويتر يشغل تاني أغنية متفقين عليها و دي بقي كانت من اختياري أنا ليها قولتلها أنا بهديلك الأغنية دي و هي (أنا مش معاهم آنا معاكِ) (بهاء سلطان) و لقيت نفسي ببصلها و بغني مع الأغنية كل كلمة اتكتبت ليها قعدت أغني مع الأغنية وأنا بصصلها وُهي بصالي و حاسي بيها الفرحة هتنط من عينها و جه عن "كنت تايه و لما شوفتك ابتدت أحلامي بيكي و اللي فات بقى ذكريات ده انا ابتديت عمري بهوكي" أكتر جزء بيعبر عن اللي جوايا ليها رنا انتي بتبدلني نفس الشعور

رنا: اه يا مروان بس أنا خايفة

مروان :خايفة من ايه

رنا: خايفة من حاجات كتير أنت متعرفش الماضي بتاعي

مروان : مش قولتي ماضي يبقي مش عايز أعرفه

رنا: بس يا مروان

مروان: من غير بس رنا مستعدة تبقي معايا تحت أي ظرف رنا :
مستعدة

مروان : توعديني يا رنا إنك مش هتقلعي الخاتم ده من ايديك
لحد لما أروح

رنا : أوعدك يا مروان و اطلبك من أهلك

رنا : ايه ده يا مروان مروان : ايه يا رنا في ايه

رنا: ده حمص !؟ الله يا مروان حمص دا أنا بحبه أوي خد افتحهولي

مروان : أهو خدي ده أنتِ مفرحتيش بكل اللي عملته قد ما فرحتي بالحمص

رنا : عارف يا مروان أنا في أسعد لحظاتي دلوقتي

مروان: ده طبعًا عشان بتاكلي حمص رنا: لا عشان معاك

مروان : بجد يا رنا

رنا : بجد يا مروان و عشان باكل حمص كمان الصراحة

مروان : يالهوي منك ده انت مشكلة كلمي مامتك و احكلها عليا و خليني أكلمها عشان أخد منها معاد و آجي اتقدم رسمي

رنا: أنا كده كده مسافره بكره و هفتح معاها الموضوع و هقولك و هخليك تكلمها يلا نروح عشان اتاخرنا

مروان: يلا رنا استني انتي نسيتي الورد رنا: ايه يا مروان خضتني بحسب

نسيت الحمص كنت متأكدة انك هتفتح الورق و هتقرأ وتكتب ايه بقي بكمل حكاياتنا هو ايه الرخامة دي أنا اللي عايزه احكي مش أنت طب سبيني أكمل أنا لا أطلع برا يلا و

خليني أنا أكمل ماشي يا ستي براحتك بس خلي بالك انتي بتحكِ الحكاية مش صح مش صح ! ازاي عماله تقولي كنتي تقيلة و انتِ أصلًا اللي اعترف لي و كنتِ عماله تغنيلي أنا !! آه أنتِ بس يا كداب طب عارفه بأمارة ايه ايه الحمص اللي جبتهولي أنا اللي جبتلك حمص أهو ده بقي أكبر دليل على كذبك مروان ما تنزلي تجبلي حمص أنا غلطان إني فكرتك بيه أنا اللي جبته لنفسي يلا يا مروان حاضر يا حبيبتي بس احكي الحقيقة ها حاضر لما نشوف وصل لحد فين سافرت و بعدها رجعت بيتنا وحكيت لماما كل حاجة و تقبلت الموضوع جدًا ومروان كلمها و كلم أخويا والاتنين وافقوا قبل ما مروان يجي مالك أخويا جالي وأنا بلبس و أجهز

نفسي و بأي رأسي و قالي مش مصدق إنك كبرتي يا رنا إنك هتبقي عروسة زي القمر كده كنتي وحشاني أوي البيت من غيرك وحش، و لما جيتي الكام يوم دول عملتلنا حس و بعد لما عملتي الحس ده هتمشي تاني و هتتجوزي مكملتي دراستك هنا خلينا نشبع منك مبقاش في سفر تاني كنت مستغربة مين اللي بيكلمني ده الحنينة دي كلها من مالك لقيت نفسي بقول حاضر أنت و ماما وحشتوني أوي ربنا اللي يعلم أنا كنت عايشة ازاي هناك لوحدي بس ما باليد حيلة كان لازم أمشي وأبدأ حياه تاني قالي خلاص بقي انتِ بدأتي حياة تانية أهو رنا أنا أسف على كل حاجة بجد متعرفيش بعدك ده خلاني أعيد حساباتي قد أيه أنا عارف إن ده مش وقته ولا وقت إني

أفكرك بحاجة بس عايزك تعرفِ إني طول عمري واثق فيكي ده أنا اللي مربيكِ مش هعرف تربيتي بس كان غصب عني كل حاجة حصلت زمان... انتِ بنتي و أمي التانية قبل أختي وأنا مسامحك انتِ ديمًا يا رنا كده من و احنا صغيرين قلبك أبيض و بتسامحِ عشان انتِ نادرة أوي في الزمن ده يا بخت مروان بيكِ و يابختنا كلنا بيكِ انتِ تشرفِ في اي حته و اي مكان و أنا فخور إنك أختي أنا فاكر الكلام اللي قولتهولك قبل سافرك كان كله من ورا قلبي الشيطان كان عميني أما كلامي ده من كل قلبي أنا حقيقي واثق فيكِ متزعليش مني أنا مش هسامح نفسي أبدًا على كل حاجة عملتها معاكِ في وقت كان المفروض ابقى السند و الضهر ليكِ بعد بابا،

مسامحك يا مالك أنا بشوفك ابني مش أخويا أنا بس مش مسامحة اللي عمل كده و نفسي أعرف مين و ليه

مالك: وشرفك يا رنا أنا مسكتش من بعد ما مشيتي ولا هسكت إلا أما أعرف مين و أجبلك حقك وسط كل الناس و ارجعلك اعتبرلك

الأم: لا بقى يا مالك خلاص الناس نست و احنا مصدقين رنا ملهاش لازمة الشوشرة تاني ناحية رنا و بعدين عشان مروان هو مروان يعرف حاجة يا رنا لا مقولتلهوش

الأم : ايه

رنا : حاولت بس خوفت مش يصدقني و يسبني

الأم: بس كان المفروض تقولي رنا: خوفت يا ماما و هو مش هيعرف و محدش هيقوله أكيد يعني

الأم: خلاص خلاص اهدي و روحي كملي ميكب دي صفحة و اتقفلت انسيها مالك: لا يا ماما متقفلتش إلا لما نعرف مين اللي عمل كده وأنا هعرف و هرجعلها اعتبرها في الكلية و الشارع كله الأم: خلاص يا مالك بقى الناس على وصول مش وقت الكلام ده روحي يا رنا كملي لبسك قلبي وجعني وخوفت وافتكرت لا افتكرت ايه بس هو أنا كنت بنسى عشان أفتكر ده كابوس حياتي اللي عمري ما هنسى... الباب بيخبط مروان جه اليوم مشى أحلى من التوقعات و ماما و مالك حب مروان أوي و مامته حبت ماما و باباه طيب و جميل

زي بابا ... دخلت اوضتي و بصيت على صورتي أنا وبابا حبيبي و قلبي وحياتي وحشتني أوي كان نفسي تكون معايا في يوم زي ده كل يوم بحلم بيك يا حبيبي و حشني صوتك و ضحكتك و وجودك كان هيغير حاجات كتير في حياتي بس ده قضاء ربنا ولا اعتراض عليه أنا عارفة و متأكدة إنك في أحسن مكان و عارفة بردوا إنك شايفنا دلوقتي و مبسوط بينا و معانا روحك الحلوة روحك حواليا في كل مكان كأنك موجود معانا بالضبط يا حبيبي... نفسي ازورك يا حبيبي بس مليش عين عائلتك هما اللي منعني أجي من نظراتهم ليا أنت أكيد عارف أوعدك يا حبيبي هجيلك قريب وأنا رافعة رأسك و الناس كلها تعرف إني شريفة و معملتش حاجة ده أنا تربية أنقى إنسان...

ربنا يرحمك يا حبيبي.. هجيلك قريب وعد..

فوقت على صوت مروان و هو بيقولي أنا مش مصدق نفسي إنها

كلها شهر و هنكون في بيت واحد

رنا: ولا أنا يا حبيبي

مروان: بحبك يا رنا

رنا : وأنا كمان يا مروان

مالك: ايه يا عم هي لسه مش مراتك اوعي ايدك من عليها

كده

مروان: ماشي كلها شهر و تبقى مراتي هانت

مالك: من هنا لحد الشهر ده مشوفكش عندنا عايزين نشبع من أختي

مروان: ماشي يا استاذ مالك مالك :يلا بقي خد الباب في ايديك

رنا: ايه يا مالك ده عيب

مالك: ولا عيب ولا حاجه عايز أقعد مع اختي

مروان: براحتك كلها شهر وأخدها منكم وأنت وجودك عندنا اللي هيبقى بحساب و في وسط الحديث بين مروان ومالك تلفوني بيرن رقم غريب مهتمتش و سلمت على مروان و مشى و قعدت أنا و مالك و ماما نتفرج على التلفزيون و سيبتهم و دخلت أنام عشان بكرا رايحة أحجز فستان الفرح خلاص و

حقيقي الفرحة ماليه قلبي و لسه هنام الرقم اللي رن عليا بعتلي

رسالة (ردي يا رنا عليا ضروري) و يرن رديت الو .الو مين معايا

مجهول: مش عارفه صوتي

رنا : لا مش عارفة

مجهول: انتِ بجد يا رنا فرحك كمان شهر

رنا : ايوا مين معايا

مجهول: انتي نسيتني

رنا: لا بقي منا مش فاضية للاستظراف ده وقفلت السكة

فضل يرن كتير رديت تاني مين معايا

مجهول: أنا أحمد يا رنا

رنا : ايه أحمد !!!!قفلت السكة ايوا فعلا ده صوت أحمد بس أحمد ايه اللي فكره بيا دلوقتي كلمني ليه ! اعمل ايه ؟ طب أقول لمروان ولا لا ؟ لا لا مش هقوله هديت نفسي و حاولت أنام بس طبعا معرفتش انام من القلق ...طلع الصبح و لبست و جهزت و نزلت أنا و مامتي و مامت مروان نجيب الفستان و نسيت الموضوع و كنت مبسوطة أوي و فرحانة لفينا كتير لحد ما شوفت الفستان اللي نفسي فيه و حجزته الله هو أنا هبقى عروسة فعلًا عروسة لأحن و أجمل راجل ... رجعت البيت مش عارفة أنام من الفرحة تاني يوم الصبح مروان كلمني و طريقته مكنتش زي الطبيعي نبرته صوته متغيره خوفت و قلقت في ايه

يا مروان مالك

مروان: مليش بعد اذنك عايز أشوفك ضروري النهارده

رنا : حاضر بس في ايه

مروان : لمَّا تجي هتعرفِ

رنا: ضحكت في سري و افتكرت إنه بتاع مقالب وحركات و أكيد بييعمل كده عشان يخدني ولما أنزل هييقى عملي مفاجأة ده اللي اتوقعها قولته حاضر ولبست و قابلته ...ايه يا مروان اديني نزلت على مالي وشي في ايه بقى يا مروان في ايه انت ساكت ليه من ساعة ما جينا أنا بدأت أقلق بجد... و هو بردوا

ساكت هي طنط كويسة

مروان : رنا : شغلك حصل في حاجة

مروان : لا شغلي ماشي كويس

رنا: اومال في ايه ؟

مروان: انتي مقولتليش ليه إنك تعرفي واحد قبلي اسمه أحمد) بدأ القلق و التوتر و الخوف يظهر على وشي بشكل مش طبيعي

رنا: أحمد اه عادي يا مروان أنا كنت هقولك بس انت قعدت تقولي ماضي و عادي و المهم اللي احنا فيه دلوقتي .

مروان: هو أحمد سابك ليه؟

رنا :محصلش نصيب

مروان: محصلش نصيب؟ و ايه اللي يخلي واحد بيحب واحده يسبها قبل الفرح بأيام ؟ النصيب وإنكم متوفقتوش ؟

رنا : اه يا مروان نصيب هو في ايه وانت من امتى كان بيهمك الماضي والتفاصيل دي

مروان: تهمني عشان انتي بتكدبي احمد مسبكيش عشان النصيب و الظروف و الأيام دي ما بتقولي أحمد سابك عشان اكتشف حقيقتك اللي أنا لسه مكتشفها امبارح .....

رنا: حقيقتي! و هي ايه حقيقتي دي؟

مروان: يا خسارة يا رنا عمري ما كنت متخيل إنك كده ولا البني ادمه دي أنا تضحكي عليا أنا كل ده تستغفليني و تعيشي دور البريئة الملاك اللي مفيش منها... فعلًا شاهدت حق انتِ ممثلة عظيمة ياريت تشوهي مستقبلك في التمثيل و تسيبك من الأعلام خالص هتتفع أوي

رنا: أحمد قالك ايه يا مروان..؟

مروان: أحمد مقلش حاجة يا رنا أحمد وراني

رنا: وراك ايه

مروان : ورانا صور الإنسانة اللي كانت هتبقى مراتي الحمد
لله إننا لسه مكتبنا الكتاب و بقيتي مراتي ولا على ذمتي يوم
واحد ... دي البني ادمه اللي حبيتها و عملت كل ده عشانها
طلعت بتبيع نفسها كده عادي؟

رنا : بس بقى كفايه حرام عليك والله م أنا مش أنا هي الناس
كلها بتحاسبني على حاجة معملتهاش ليه ؟ أنا كنت هقولك
بس خوفت متصدقنيش أو صورتي ﻓﻲ عينك تتهز غصب عني
إني خبيت بس ده من حبي ليك وتعلقي بيك أنت جيت وعوضتني
عن كل حاجة وعن كل الظلم اللي شوفته و شوفت فيك بابا
حنيته وخوفه عليا من وفاه بابا لحد قبل النهارده انت

الشخص اللي بحس معاه بالأمان من بعده شوفتك بابا قبل حبيبي كنت متخيلة إنك لا يمكن تصدق بس كنت غيبة طلعت زيك زيهم كلهم كنت متخيلة إنك هتحميني بقيت زيك زيهم تأكل فيا أنت كمان... دبلتك أهي يا مروان و الحمد لله إننا مكتبناش الكتاب قبل الفرح عشان مبقاش مراتك زي ما قولت .... مشيت رنا و سابت مروان و هي حاسة بتحطيم العالم كله في قلبها من سابع سماء نزلت الأرض ... هو أنا هفضل أتحاسب طول عمري على غلطة معملتهاش ليه؟! طب هو ده العدل ؟ ليه أتظلم كل الظلم ده؟! أنا بقالي سنين بسأل نغيب السؤال ده مش لاقيه إجابة حتى مروان مشى و سبني توصل رنا البيت و عينيها غرقانة دموع و تجري على الاوضه و

تقفل الباب و تتوضي و تصلي و تنهار في العياط و هي بتتكلم مع ربنا لدرجة إنها تنام وهي على السجادة يجي تاني يوم تصحيني بعد أنا عرفت اللي حصل ..

رنا افتحي مش هتفضل سيبنك كده انتي مأكلتيش حاجة من امبارح يا رنا افتحي متوجعيش قلبي أكتر مهو موجوع عليكِ يا رنا و رحمة بابا يا رنا لتفتحي

تفتح رنا الباب

رنا: سبوني في حالي بعد اذنكم مش عايزه مش عايزه أشوف حد مش عايزه أكل سبوني في حالي بس

الأم: تعالي في حضني يا رنا تعالي يا حبيبتي و تغرق رنا في حضن أعماق مامتها

رنا: تعبت يا ماما ظلموني و دفعوني تمن غلطة والله ما عملتها ليه؟ أعيش عمري أدفع تمن غلطة معملتهاش ومروان يا ماما أنا بحبه شافني واحده وحشة بتبيع نفسها نزلت من نظره يا ماما وأنا مش كده أنا بحبه أوي و كان نفسي يبقى معايا عمري كله كان نفسي ....

مروان: أنا كمان بحبك يا رنا بحبك أوي

رنا: مروان ...

مروان: عمري ما شوفتك زي ما انتِ فاكره ولا هشوفك كده

أنا   مش شايفك غير حاجة غالية أوي و حبيبتي و أعظم أم

لعيالي ... أنا آسف .. أنا منمتش طول الليل امبارح حتى

مغيرتش هدومي بحبك يا رنا و مش متخيل حياتي مع واحده

غيرك و متأكد اني ده مش انتِ أنا بس كنت لسه عارف

امبارح عقلي و تفكيري غابوا ... آسف لإني معرفتش أخدك

في حضني امبارح و أقولك إني مصدقك.. ممكن أعمل كده

دلوقتي ..

مالك : ايه ايه يعم تأخذ مين في حضنك

مروان: ايه يا مالك انت بتتصنت عليا

مالك: يعم هو أنا لوحدي ده أنا و أمي و إنك و الجيران كمان و الحمد لله إني جيت في الوقت المناسب قوم كده يبني

مروان: أختك دي في مقام مراتي

مالك: في مقام يعني لسه لسه تقول أختك في حضني طب اضربك دلوقتي ولا أعمل ايه ؟

مروان: عندك حقك

كلها أيام و تبقى مراتي

مالك: أما تبقى بقى هو أنت كل شويه تقول الجملة دي ليه بتعصبني يعم و بعدين هو انت مقرب منها ليه كده ما تبعد

شويه ده أنت لذيذ أوي و تتاكل الكل بضحك علي مالك

ومروان

مروان: قومي بقى يا حبيبتي اغسلي وشك وكلي حاجه

رنا: حاضر

مالك: بص بردوا هيقول حبيبتي وأنا واقف وانتِ ايه حاضر دي

اللي بصوت الشتوي ! و انتِ يا ماما ايه دورك أما يعملوا كده

في وجودنا اومال في غيابنا بيعملوا ايه

الأم : تتضحك الأم بس بقي يا مالك

مروان: قوم يا مالك هتيجي معايا مشوار مالك: ايه هتضربني

ولا ايه

مروان: ايوه ايوه

مالك: مش رجولة دي خلي بالك طب خلاص ممكن تقولها حبيبتي بس وطي صوتك وأنا و ماما و طنط هنعمل نفسنا مسمعناش ومن غير ضرب ولا حاجة

مروان : أنا عرفت أختك جاييه الحس الفكاهي بتاعها ده منين دي طلعت جينات في العائلة يلا يعم قوم البس

رنا : رايحين فين يا مروان

مروان: هقولك يا حبيبتي بس استني و قولت حبيبتي أهو بصوت واطي سمعت

مالك: لا قولت ايه بصوت واطي مش سامع يضحك مروان و

كل اللي قاعدين

مروان: ايوه كده يلا بقى بينا

مالك : يلا مالك: احنا بقالنا ساعة ماشين و أنا ماشي وراك زي

العبيط مش عارف رايحين فين

مروان : رايحين لأحمد انتو ليه مسألتوش أحمد عرف منين

مالك: مش عارف وقت القدر يعمي البصر

مروان: احنا هنقابل أحمد و مش هنسيبه من ايدينا غير لما

نعرف ونفهم كل حاجة وهو عرف منين وليه

قالي والموضوع عدى عليه سنين و ليه يقول و هو فاضل على

فرح أختك أيام زي ما كام فاضل في المرة الأولى مالك: قصدك

ايه يا مروان يكون ....

مروان: مش عارفه أنا بفكر معاك بصوت عالي و ادينا قدام

بيت أحمد أهو مش هنطلع منه غير و احنا عارفين مين عمل

كده هنعرف دلوقتي كل حاجة خبط جامد يا مالك

مالك : أهو مش بيفتح ولا شكله هيفتح يلا نكسر الباب

أحمد : ايه ده مالك ازاي تخش عليا كده و تكسرعليا الباب و

مين اللي معاك ده !

مروان : قاعد انت بس كده انت عرفتني كويس أومال

كلمتني ازاي ؟ احنا مش هنمشي من هنا إلا لما نعرف مين اللي قالك على صور رنا و مين اللي عمل كده ؟

أحمد : معرفش

مالك: ازاي متعرفش مين اللي قالك

أحمد : مش فاكر مش فاكر

مروان : مش فاكر طب تعالى كده يمكن تفتكر أحمد: اوعى ابعد عني هطلبلك البوليس

مروان : مش هسيبك غير لما تقول و يستمر مروان و مالك في ضرب أحمد

أحمد : خلاص خلاص سيبوني هقول

مروان: انجز

أحمد : أنا

مالك : انت ؟ ازاي !

أحمد : أنا اللي عملت كده و فبركت الصور دي رنا دي أشرف انسانه أنا قبلتها ﭐ حياتي

مالك: يعني انت و يضرب مالك أحمد

مروان: استنى يا مالك نفهم و نعرف عمل كده ليه الأول قول انطق عملت ليه كده

أحمد : عشان كنت خايف من مسؤولية الجواز و عايز أسيبها

و مش عارف ازاي أنا مكنتش متخيل إن كل ده هيحصل

بسببي أنا قولت هعمل كده و أسيبها فترة وبعدين ارجعلها و

أقولها إني مش مصدق و يبقى معاد الفرح عدى و أقولها صرفت

فلوس الفرح و نأجل سنة ولا اتنين و قولت هي هتخاف تقول

لحد معرفش الصور وصلت لباباها ازاي

مالك : بابا مات من القهرة يا حيوان انت مش بني ادم طبيعي أنا

مش هسيبك النهارده

مروان: الو يا رنا

رنا : ايه يا مروان انتم فين احنا حضرنا الأكل يلا تعالوا

عشان نتغدى سوى

مروان : البسوا و تعالوا على العنوان الي هبعتهولك

رنا : عنوان ايه

مروان: اسمعي الكلام بس و تعالوا بسرعه

رنا : ﺇﻥ ايه تاني يا مروان أنا مش حمل مفاجأتك تاني

مروان : يلا يا رنا انجزي و متتاخريش بعتلك العنوان

رنا : حاضر يا مروان

رنا : ماما طنط يلا البسوا عايزين ننزل

الأم : ننزل فين

رنا: أنا بجد مش عارفة يا ماما ولا بقيت فاهمة حاجة قعد

يزعق ويقولي تعالوا بسرعة

مامت مروان: طب يلا روحي البسي يا رنا زي ما قال و نروح و

نشوف يارب خير لبسنا و روحنا على العنوان

الأم: العنوان ده بتاع شقه أحمد هو احنا مش هنخلص من أحمد

ده

رنا: مش عارفة يا ماما أنا خايفة و مش عايزه أطلع

الأم: يلا يا رنا نطلع و نشوف في ايه أنا معاكِ متخفيش و اخوكِ

فوق و كلنا معاكِ يطلعوا و يلاقوا باب الشقة مكسور و مروان

و مالك بيضربوا أحمد يصوتوا ايه في ايه اهدو

مروان: قول ... قول

أحمد: مش هقول حاجه مالك: يبقى شكلك مشبعتش من الضرب اللي اخدته

أحمد: خلاص هقول أنا يا رنا اللي عملت الصور و الفديوهات
رنا: انت؟ ازاي! و ليه !!!!

أحمد: خوفت من مسؤولية الجواز عملت كده عشان نسيب بعض و محدش يغلطني و تكونِ انتِ الوحشة بس أنا مكنش قصدي كل ده يحصل رنا: مكنش قصدك! مكنتش قاصدك تخلني كده في نظر كل الناس مكنش قصدك تبقى جزء من قهرة أبويا مكنتش قصدك تدمر حياتي عشان خايف !! انت

مريض أنت بجد محتاج تتعالج أنت مش بني آدم سوي أنا بكرهك

أحمد: أنا مش متخيلك مع حد تاني يا رنا أنا لسه بحبك

مروان: بتحب مين (ويضرب مروان أحمد) رنا: بس يا مروان اللي زيك يا أحمد ميستهلش ياخد لقب إنسان ولا حتى حيوان دي الحيوانات بتحس عندك مش زيك انت هتعيش و تموت لوحدك محدش بيحبك و كل الناس هتبعد عنك مش مسامحك ولا دنيا ولا آخره لو قدامك و قدام الجنة ذنبي مش هسامحك يا أحمد النار زي م عيشتني في النار و دفنتني بالحياة وأنا عايشة و ببص حواليا ألاقي كل الجيران و صحابي بتوع الجامعة القديمة وكل الناس.... أنتم

جيتوا ازاي و ايه اللي جابكوا هنا ؟

مالك: أنا مروان قالي أكلمهم كلهم واحد واحد و أجبهم

رنا: ليه يا مروان؟

مروان: عشان كلهم يعرفوا الحقيقة يا رنا و يعرفوا إنك شريفة ومعملتيش حاجة و تمشي و أنتِ راسك مرفوعة و تحطي عينك في عين أي حد ولا يهمك من حد ببص لمروان و الناس و صحابي و عيلتي وكأني شايفة بابا مروان بعد ربنا جابلي حقي ورجعلي اعتباري قدام كل الناس و لأول مرة ارفع راسي عينهم وأنا مش مكسوفة أنا حاسة بالنصر مش مجرد كلمة قد ايه أنا حبيت راجل عظيم راجل زي ما اتمنيت طول عمري راجل زي بابا ... و

كل اللي نزل عليه ساعتها أنا عايزه أروح أزور بابا ... و روحت

فعلاً .. دي كانت أول مرة أزور بابا حبيبي و نور عيني ... شوفت

مروان و مالك عملوا ايه يا بابا النهارده أكيد حاسس و شايف

الناس كلها عرفت الحقيقة و إنه مش أنا كلهم عرفوا تربيتك

يا حبيبي أنا عارفة إنك الوحيد اللي كنت مصدقني من الأول

وحشتني أوي يا بابا أوي تعالى يا مروان أعرفك على بابا بص

بقى يا بابا مروان ده حبيبي و هيبقى جوزي خلاص في كتير من

صفاتك يا بابا حنين شبهك بيخاف عليا زي مكنت بتخاف

عليا مروان : خلاص بقى يا حبيبتي يلا

رنا : لا سبني شوية.... كان نفسي تبقى معايا أوي و تعيش معايا و تشوفني وأنا عروسة ربنا اختارك عنده عشان اللي زيك مينفعش يعيشوا وسط البشر دي مينفعش ملاك يعيش مع بشر معايا و مش بتفارقني لحظة و روحك الحلوة هتبقى معايا ف فرحي يا نور عيني

مروان: كفاية يا رنا يلا نقرأ الفاتحة (اقروا انتم كمان الفاتحة لبابا) وادعوا بالرحمة مشينا

مروان: خدي يا رنا

رنا : ايه الورق ده يا مروان

مروان : ده ورق جامعتك هنا أنا رجعتك الجامعة هنا خلاص مفيش داعي للسفر و الغربة تاني و كمان الشقة اتغيرت و هنخدها هنا جمبك اهلك و ناسك و هاخد شقة لماما تبقى جمبنا و نبقى كلنا هنا و جمب بعض .....رجعت جامعتي و اتجوزت مروان و خلفت منه بنوته زي القمر شبه باباها اسمها ميلا و حامل تاني اهو في ولد هسميه خالد على اسم بابا حبيبي

مروان : يا رنا

رنا: يالهوي   عليك يا مروان متعرفش تسبني لوحدي خالص

مروان: أسيبك ايه يا حبيبتي يلا عشان مفروض ننزل دلوقتي انتِ نسيتي إنك هتولدي ولا ايه يادي الورق و الكتابة اللي

هتنسيكِ اسمك دي رنا: يلا يا حبيبي لبس ميلا بس الشـوز وأنا جايه وراكم

رنا: ايه

يا مروان أنت أخدت الورق معاك ليه المستشفى و بتكتب آيه دلوقتي هو ده وقته

مروان: هو ده أنسب وقت بختملهم القصة للأخر مـع كـل حبايبنا و مع خالد ... عايز أقولكم بقى اللي عامله فيها جامدة دي كانت بتعيط من شويه و خايفة من الولادة و هـي مش أول مرة ليها مش عارف ليه الخوف

رنا: انت مشكلة والله يا مروان

مروان : مشكلة مشكلة بس بتحبني و بتموتي فيا كمان

رنا : بصراحة اه

مروان: لسه خايفة

رنا : بصراحه بردوا اه

مروان: أنا عارف هودي الخوف ده ازاي عبال ما الدكتور يجي

غمضي عينك

رنا: حاضر اهو ... الله الله حمص هاته يا مروان

مروان: لا ده بعد لما تولدي أنا جايبه لينا احنا خدي يا طنط

خدي يا ماما خد يا مالك رنا : بطل رخامه بقى هات

مروان : أنت لازم تخشي صايمة أنا مالي أما تخرجي بقى

رنا : طب يلا دخلوني دلوقتي

مروان: دلوقتي مش خايفة و كل اللي موجودين فضلوا يضحكوا علينا و شوف أستاذ خالد و طلع نسخة من بابا مكنش ينفع يتسمى حاجة غير خالد بس مروان مش مسمي خالد ...

مروان: رنا

رنا: نعم

مروان: تعالي أكلي حمصه عرفتوا بقي مروان مسميه ايه .. أنا كده حكايتي خلصت لأنك حكايات عوض ربنا

مخلصتش أجمل و أحلى من حكايتي... خليكم مع ربنا وكل قلوبكم أمل في بكره مهما كان حياتكم في وقتها مش أحسن حاجة محدش يعرف بكره في ايه ولا ايه اللي هيحصل حياتي اتشقلبت من يوم و ليلة و كنت فاكره قبل اليوم ده إني عايشة أحلى أيام حياتي و بعد اليوم أيامي اسودت و بعدها اكتشفت اني معشتش أيام حلوة من جمال و حلاوة الأيام اللي ربنا عوضني بيها بعد بلاني...ربنا بيبتلينا عشان يعوضنا و يشوف صبرنا عشان يكفئنا في الدنيا و الأخرة.. محدش يقول اشمعنا أنا ؟ ما فلان حياته حلوة ما ده حياته مظبوطة في الحقيقة إنه لا محدش حياته وردي و فرح على طول ولا وحشة على طول كل إنسان

ربنا خلقه ابتلاه ابتلاء و من لطف ربنا بينا بيبتلي كل واحد ابتلاء هو قده ف محدش يقول أنا مش قد ده ولا هعدي من الابتلاء ده و الفترة دي لأنك هتعدي و هتبقى قدها عشان ربنا سبحانه و تعالى ابتلاك أنت بذات الابتلاء ده عشان أنت قده كل اللي عليك الصبر اصبر و اتفرج بقى على عوض ربنا ليك و كرمه... أنا حكيت كل ده وأنا قاعده ﭼ بيت هادي مستقر مرتاحة و مبسوطة و فاهمة كل حاجة و عارفه ليه ربنا بعد عني الشخص الأول ده وعوضني بأحن زوج و رزقني ببنوته زي

القمر و ولد ....صدقوا في عوض ربنا يا جماعة ربنا كبير

وكريم أوي مش بياخد مننا حاجة إلا و بيعوضنا خيرًا منها

وبعدها بنشوف قد ايه الحاجة اللي كانت معانا دي وحشة و

مش خير لينا من البداية سواء اشخاص حبناهم صحاب اتعلقنا

بيهم حلم حلمنا بيه حتى لو كانت سفرية كان نفسنا نروحها

وقتها مش بنشوف ده بس بعدها بندرك كم اللطف اللي ربنا

لطفه بينا لما بعدنا عن الحاجات دي...((و عسي أن تكرهوا

شيء و هو خيرٌ لكم و عسى أن تحبوا شيء و هو شرٌ لكم))

"صدق الله العظيم} "اسم السورة: البقرة ،ايه:٢١٦